# 水奈

Mizuna

大久保武
Takeshi Okubo

文芸社

# 水奈・・・プローグ

長袖の似合う、風が少しだけ冷たくなった季節。高校生活、最初の晩秋。

学校帰り。

少し人通りのある、近所の田舎町で。

いつもの軽食を買い終えて店を出た直後に、僕はその声を聞いた。

小さな悲鳴だった。僕が店を出たタイミングと重なってしまったようだった。

背中に感じる、人の身体。僕の肩よりもけっこう低そうな、小柄な印象。

首だけ回して振り向くと、そこにいたのは、とある少女だった。

少女が僕から離れ、半歩下がる。

どうするのかと思いきや、今度は手を伸ばして、僕の身体をぺたぺたと触り始めた。

さすがに驚いて、一歩離れたけど、少女はさらに追いかけてきて、やはりぺたぺたと身体を触り続けた。

「あの、ちょっと……」

さすがに困って、僕は少女になんのつもりか聞き出そうと話しかけた。

少女の顔が上がる。

「……？」

何かが違った。何かとは、少女の視線。僕の顔を見上げたわけではなく、まるで声のした方に目を向けただけのようだった。

少女の顔をじっと見てみる。

……。

しかし、少女が僕の顔に視線を移すことはなかった。

ふと、少女が右手に何かを持っていることに気づく。

杖。身体を支えるためのものには見えない。さらには、少女が足を患っているようにも見えない。

どうやら、少女は視力を持っていないようだった。

少女の手の動きが、ぴたりと止まる。

かと思えば、

「あの人の匂い……」

と呟いて、少女は再び僕の背中に抱きついて、その小さな顔を埋めた。

その瞬間、僕は少女を引き剥がして帰ろうかと思い始めたが、少女の暖かそうな、そして幸せそうな笑顔が、その芽を摘み取ってしまった。

どうしよう……。

田舎町の道端で、僕はひとり、途方に暮れた。

とりあえず、人気のない公園まで移動した。背中にくっつく少女を引きずりながら歩く姿は、きっと……いや、絶対に怪しかっただろう。

今はこうして、ベンチで隣にちょこんと座ってはいるが、ここへ来るまで、この少女はまったく離れようとしなかったのだ。

少女はとても申し訳なさそうにうつむいている。その様子からして、僕にくっついている間は我を忘れていたようだった。

……買い物袋から、小さな菓子パンを一個取り出す。

「はい」

膝の上にまとまった、少女の小さな手の上にそれを置いた。

「えっ?……」

少女はきょとんとした表情で、手の上に置かれたものを改めて手で包みこんだ。

「これは?」

だいたい僕の顔がある方向を向いて、少女はか細い声で尋ねた。

「だいたいのところはわかるだろう?」

パンを包む手を動かして、その感触を得てみる。

弾力の少ない柔らかさが少女に応えた。

「……パン?」

わかった、と言いたそうな、ちょっとだけ得意げな笑みをこぼして、少女は答えた。

「正解。よかったら食べなよ」

少しの間。そして、

「……うん。いただきます」

うれしそうな声が聞こえてきた。

# 水奈

# 前編

## 1

「目が、見えないんだろう？」

そう尋ねると、パンを頬張る少女の身体が、ぴくりと動いた。

「……うん」

ゆっくりとパンを嚥下した後で、少女は特に落ちこんだ様子もなく答えた。

「やっぱり、わかるよね」

特に瞳の向きを変えることなく、二口目を頬張る。

「わかるよ。なのに、よく人通りのあるところを歩いていたな、って思ってさ」

「そう？　……慣れれば、杖でもけっこう歩けるよ」

少女はくすっと笑った。どうやら、聞き慣れた質問らしかった。

風が吹く。

「あ……」

……ずずっ。

ぱたん。

少女がベンチに立てかけておいた杖が、ずれ落ちて地面に倒れた。

その音を聞いて、少女が慌てて地面を探そうと、手を伸ばし始めた。

「いいよ、僕が取るから。パンが持てなくなるだろう？」

少女の瞳が、ベンチから立ち上がった僕の顔に向いた。その表情は、ぽーっとしていて、何かに気を抜かれたようだった。

目の不自由な人は、聴力が頼りになるので、その分聴力が鋭敏であるという。

それでも今の視線の変わり方には驚いた。まるで、立ち上がる僕の動きが見えているようだった。

「……うん、ありがとう」

少女はうれしそうに、ふわっと微笑む。

僕が杖を拾って、少女の膝の上にそっと置いてやると、同じ微笑みがもう一度返ってきた。

さすがに戸惑って、僕は少女から目を逸らせる。

光から突き放された少女の笑顔は無垢で、純粋に可愛いと思えた。


この小さな少女は、名を水奈と言った。

河野《こうの》水奈《みずな》。僕と同じ町に住んでいて、今年で一三歳を迎える、見た目と違わず幼い少女だった。

「今はね、まだ二つ目なの」

ふと、水奈は言った。もちろん、僕にはそれの意味するところがわからない。でも、一二の少女が語る言葉なんて、そういうものかもしれない。僕は、

「そう……、二つ目なんだ」

などと、何気なく相づちを打っていた。

「うん。まだまだ、始まったばかりだよ」

まるで、何かに向かっているような口振りだった。

……やがて、陽は深く傾いていく。

「もう夕方だな……」

「そうだね」

今日も世界は眠りへ向かっていく。少し侘しいこの夕暮れ時に、水奈はため息をついた。

「……って、わかるのか?」

「見えるわけじゃないけど……風が冷たくなってきたから」

「……そうか」

水奈が、杖で周囲を確かめながら、僕の方へ身体を向けた。

「じゃあ……今日はもう、さよならだね」

彼女の目の向きは、僕の顎辺りにあったのだが、きっと彼女の中では、僕の顔を見つめているのだろう。

そんな勝手な予測であっても、そう思うと、水奈の姿が健気で切なく見えた。

「……送っていくよ」

「……えっ？　だ、大丈夫だよ」

水奈は戸惑いながら遠慮していたが、僕がもう少し彼女といたいだけなのだった。

それに……、

「今、ここがどこかわからないだろう？」

「あ……」

この公園へ来るまで、この小さな少女は僕の背中で、ずっと我を忘れていたのだ。

知らない場所へ気づかぬうちに来ていて、さらに何も見えないのでは、ここから一人で帰れるはずがなかった。

「……ごめんなさい。お願いするね」

水奈は照れくさそうにそう言って、ゆっくりと僕に歩み寄り、僕の右腕にその小さな手を添えたのだった。

「……水奈?」

僕が意外に思って彼女を窺ったが、特にどうといった様子はなかった。

「……あのね、誰かといる時は、その人から離れずに歩いた方が安全なの」

なるほど。もっともな理由だった。

どうといった様子をしていたのは、むしろ僕の方だったのだ。

すると急に恥ずかしくなってきて、僕は自分がすっかり赤くなっているのがわかった。

「……あれ? 行かないの?」

いつまでも動かない僕に、水奈は訝しげに尋ねる。

「あ……う、うん。行こうか」

赤くなっているのを突っこまれるかと不安だったが、そう言えばそうだ。

不謹慎ではあるけど、この時ばかりは彼女の目が不自由であることに、ほっと息をついた。

……。

歩きながら、時折振り返って少女の様子を窺う。

右腕で、杖が地面を擦らないようにしっかりと抱き締め、左手で僕の右腕をしっかりと持っている。

「今、どの辺りにいるの？」

歩き出してから、何度目かの質問。来たことのない場所なだけに、やはり不安なようだった。

「んーと……もうすぐ商店街だ」

僕が水奈とぶつかった店先に続く道だった。

「あ。そこまで来ればもうわかるよ。どの辺りに出るの？」

僕がその場所をそのまま説明すると、水奈は顔を赤くしてうつむいてしまった。

無理もない……と思いながら歩を進め、やがてその店先へ出た。

相変わらずの田舎町。そこそこの人通り。見た感じ主婦層が多いのは、きっと夕食前の時間帯だからだろう。

ぱっ、と小さな手が、僕の腕から離れた。

僕は水奈の方へ向き直った。

「本当に、ここまででいい？」

彼女が僕の位置を見失ってしまう前に、こちらから声をかけた。

わずかに移ろっていた少女の顔が、ぴしっと僕の方へ向く。

「うん。今日は……本当にありがとう。あんなにお話したのも、久しぶりだった」

さっき過ごした時間を心の中で再生しているかのように、水奈は静かになった。

それが終わると、

「……うん。楽しかった」

ふわっ……と満面の笑みをたたえた。

幸せの代名詞。

そんなふうにさえ思えた。

「それじゃあ、またね」

「そうだな。それじゃ」

車の音を聞き分け、人々の足音を聞き分け、水奈は、闇に世界を奪われた少女は、それでも幸せを胸に抱いた姿でゆっくりと歩いて行った……。


翌日。

学校帰りの道。

いつもの店で、軽食をレジへ持っていく。

店員が明るい声でバーコードを通す。

いつもの風景。

今日はそれが記憶に新しく感じられる。
でも、それは当然のこと。
風景に変化があったのだから。
水奈。
少女は最後に、またね、と言った。
普段誰とでも交わす、何気ないやりとりだったから、僕も何気なく答えた。
約束もなく。
……また、会える?
いつ、どうしたら会える?
今日僕は、そのことばかりを考えていた。授業なんて相手にしていられなかった。
それじゃあ、またね。
一体、何度目になるのか。少女の言葉が蘇っては、それを信じる自分。
彼女はまた、来るのだろうか。

それとも、偶然が生んだ、その場だけの出来事だったのだろうか。

期待と不安がきりなく交錯する。

「あの、お客様、お会計を……」

店員の呼び声で、僕は買い物をしていたことを思い出す。

「あ……すみません」

とりあえずお金を払って、僕は店を出た。

いつもの田舎町が、僕を再び出迎えてくれる。

水奈が僕を探してこの辺りを歩いているのを想像していたが、そんなことはなかった。

「……あ」

そうだ。

考えてみれば、彼女には僕を確かめる術がない。僕が彼女を視界に捉えて、僕から声をかけない限り、たとえ目の前にいたとしても、彼女にしてみれば、ここに僕はいない。

それは、自分を含む誰から見ても、すごく悲しいことだった。

……だから。

「……水奈っ」

少し遠いところに現われた、杖をついて歩く少女を大声で呼び、僕は駆け出した。

目の前まで近づいてから、肩に手を置いて、もう一度その名を呼んだ。

今日も水奈と会えた。その事実を、僕が確かめるために。

水奈は今日も僕と会った。その事実を、彼女の確かな記憶として刻んでもらうために。

「……うんっ」

少女は、幸せそうな笑顔で応えた。それは、今日の出会いが記憶となった証だった。

……とりあえず、道端で話していても通行の邪魔になるので、近くにあるファーストフード店に寄った。

「そういえば、時間は大丈夫？」

店へ誘う前に聞いておくべきことではあった。

「うん、大丈夫」

よかった。

水奈からのリクエストを聞き、まとめて注文する。ジュースの類をおごれるくらいのお金が、今日はあった。

手近な空席に座り、出会って二度目の会話が始まる。

「……また会えてよかった」

向かい合う少女を見て、改めてそう思う。

「ん？」

どうして？　というふうに、水奈は首を傾げた。そして、

「昨日言ったよ。またね、って」

と言った。

この少女にとっては、あの言葉がすでに約束だったらしい。

それはそれでうれしかった。

「でもさ、いつ会おうとか、何も決めてなかったじゃないか」

「またね、って言ったら、明日も会おうね、ってことだよ」

「……」

彼女にとっては、そうらしかった。

だとしたら、もし僕が学校からまっすぐ家に帰っていたら……。

目の前でジュースを味わっているこの少女は、僕が来ると信じて、ずっとあの辺りにいるつもりだったのだろうか。

「それに……」

水奈は言葉を続けようとして、ふと何かに思い当たったようだった。

「……名前、まだ聞いてないよ……」

そうだった。昨日は、僕が彼女に名前を聞いたきりだった。

「僕は、草元《くさもと》夏維《かい》。高校の一年生だ」

「高校生？……」

水奈はきょとんとして、そう尋ねた。

「？　うん……」

「そうなんだ……」

そう呟いて、彼女は僕を見上げる。

何かに浸るような表情。

「あの人と……同じだね」

……あの人。

そう言えば、最初に出会った時も、あの人という言葉が出ていた。あの時は、あの人の匂い、と言った。

「あの人って？」

気にならないはずがなかった。

少しだけ沈黙が流れ、やがて、

「……あの人は……」

水奈は、静かに瞳を閉じる。

「あの人は、私が覚えてる人のひとり。まだ見えてた時に会っていた、大切な人たちのひとり……」

見えていた時。

彼女に、まだ光が与えられていた時。つまり、その姿まではっきりと覚えている人。

おそらく水奈が瞳を閉じたのは、それを呼び起こすためなのだろう。

瞳を開いていても、何も見えないから。

「……大切な……ひと」

もう一度、改めて心にそう刻みこむように呟き、水奈は瞳を開いて僕の方を向いた。

「そう……」

それ以上のことは、もう聞く気にはならなかった。その人に対する想いの大きさだけで、僕は胸がいっぱいになった。

だから、僕は話を切り替え、お互いの日常を語り合いながら残りの時間を穏やかに過ごした。

「今日はありがとう」

店の外で、どちらからともなくそう言い合った時には、空はすでに夕暮れの深みに差しかかっていた。

「そういえば、つい話しこんじゃったけど……水奈は用事か何かなかったのか？」

時間はあると聞いたが、用事がないとまでは聞いてなかった。

「用事？　そんなのないよ、今日は」

小首を傾げて、水奈は無邪気な笑顔を見せた。

「……あ、間違い」

ふと思い出したように切り出す。

「なんだ。やっぱりあったのか？　大丈夫か？」

僕は心配になって尋ねたが、水奈はさっきよりももっと無邪気な笑顔で答えた。

「……今日も、だったよ」

正反対な展開に、僕はしばし呆気にとられた。

……。

「あれ……夏維さん？」

水奈の少し不安げな声に、僕は我を取り戻した。

「は……、あぁ……ごめん。僕はここだ」

僕のいる方向がわかるように、彼女の肩に、正面から手のひらを置いた。

……小さい。ほんの少しここから力をこめただけで、簡単に砕けてしまいそうな肩。

僕が切なさにかられているうちに、持ち主の少女は見据えるかのように僕の顔を見上げる。

その表情は、確かに笑顔だった。

「うん。夏維さんが……そこにいる」

水奈は確かめるように、僕の手首をそっとつかんだ。

否。

水奈は今、僕のことを、僕の存在を確かめた。

……やがてお互いの手は離れ、雰囲気は戻っていく。

「……もう暗くなるな、そろそろ帰るか」

僕が切り出して、水奈が尋ねた。

「え？　何時なの？　今」

「んーと……六時過ぎだな」

その答えに何を思っていたのか、彼女に少しだけ間があった。

「……そっか……じゃあ、今日はもう、さよならだね」

その言葉に秘められた、少しばかりの寂しさが、冷たい秋風に溶けて広がった。

「そうだな」

僕は同じ気持ちをできるだけ抑えて言葉を返した。

ふと、水奈が手のひらを僕に向ける。

「どうした？」

「うん……もう一度だけ……夏維さんを確かめてから帰りたいの」

少し恥ずかしげにうつむく少女。

差し出された手は、今日の終わりを良きものにする、水奈の願いだった。

「そっか」

僕は、そっと手のひらを水奈のそれと合わせ、ゆっくりと指の隙間に通していった。

水奈も、応えて指を通す。

そうして二人で深く交わされた手を、街灯がパッと光って照らし出した。

「それじゃあ、またね」

水奈は最後にそう言って、ゆっくりと手を離し、宵の浅い道を歩き出した。

その姿が見えなくなるまで見送り、

「……帰るか」

明日もここへ来ることにして、僕も家に向けて歩き出した。

# 2

それじゃあ、またね。

この言葉を最後に聞いてから家に帰る日々が数回続いた。

休みの日でも、彼女は必ず同じ時間に現れた。もはや、彼女……水奈にとって、この田舎町を歩くことは日課となっていたようだった。

そして、今日も、

「水奈っ」

同じ通りで見かけた後ろ姿を回りこみ、僕はいつものように正面から肩に手を置いた。

「わ……夏維さんだ。こんにちは」

水奈はそう言ってから僕の頬を探し当て、ふわっ……と暖かく微笑んだ。その姿がいつにも増して愛らしく見え、少し切なくも見えて、僕は空いた手で何度も彼女の頭をくしゃくしゃと撫でた。

こうしてお互いを確かめた後、おなじみになりつつあるファーストフード店で一息入れる。

「毎日会えるね」

今日は、ポテトを片手にした水奈から会話が切り出された。

「ま、約束してるしな、毎日」

うんっ、と満足げに彼女はうなずく。

それからはどこにでもある世間話。水奈が想像できないものになると、僕がとにかく説明してあげる。そして満足のいくものが浮かぶと、水奈はうれしそうな笑顔で応える。

ここ何日もの間に染みついた、僕と水奈の会話のリズムだった。

「……あ、そうだ。ちょっといいかな?」

水奈が、思いついたように話を変えた。

「んっ……何?」

少しばかり突然だったので、声が上ずった。それから、知らぬ間に彼女がポテトを平らげているのを見て少しばかり驚いた。

「夏維さん、って、彼女とかいるの？」

またまた驚いた。

「な、なんだ急に……」

ちなみに、この手の事柄については、あまりいい記憶はない。……が、たぶん水奈ぐらいの年頃の子なら、聞いておもしろい話なのだろう。

さて、プライドを取るか、話の盛り上がりを取るか……。

「うーん……」

「ねぇっ、いるの？　いないの？」

すでに相手は盛り上がっていた。ここで話すのを渋れば、この少女はきっと大いに沈んでいくのだろう。それを見るのも最悪感を覚えて嫌だ。

「夏維さんっ、いないの？　いるの？」

……もしかして、最初から選択肢なんてなかったのではないだろうか……。

「……いないよ」

ため息混じりに、僕は答えた。

「わっ……いないんだ？」

……わっ、ってなんだよ……わっ、て……。

「意外？」

ひがむような口調で尋ねてやったが、どうやらそれが通じてはいないようだった。

「うん。意外だよ。……だって、夏維さんは高校生でしょ？」

「……なんだそりゃ」

「高校生の人は、絶対誰かとつき合ってる、って私思ってたもの」

「……なんだそりゃ」

まったく同じ台詞が、まったく同じ口調で出た。と同時に、深いため息も出た。

「水奈」

「うん?」

「こうなったら言っとくが、世の中そんなに甘くはないんだ」

「そうなの?」

そうかなぁ、とつけ加えるように一二の少女は答える。無垢でよろしいことだ。

「そうなんだ。これ以上は話が長くなるから言わない」

僕がもっと辛くなるから言わない。……はぁっ。思い返してみるたびに、ろくな経験がないなぁ……。

話題を変えよう。

「……あの人には、いたよ」

その矢先に聞こえた水奈の声。……さっきとは一変して、とても落ち着いていた。

「きれいな人……連れてた」

どこを見るでもない、うつろな視線でぽつぽつと言葉を伝える。

少女は記憶を探しているのだろうか。視界を覆う闇の中に、「あの人」の姿を求めて。

「ふたりで……幸せそうに、笑ってるの」

「……水奈？」

どことなく様子が変わり始めたのを感じて、僕は声をかけた。

少女は今、儚く微笑んでいる。

「あの人が笑ってるの。私も幸せになるの」

「水奈？」

答えはない。

僕らが挟むテーブルを漂う、誰を目指すわけでもなく吐き出された言葉たち。ひとり記憶の中をさ迷う小さな少女。それを外から見ているだけの僕。

……なんなんだ、この状況は？

僕ひとりが突き放されていくようにも思える。

「……あの人が行くところには、私も連れて行ってもらうの」

またひと束、言葉が宙に浮かんでいく。

くすっ……。
幸せを噛み締めるように、水奈は笑った。
「水奈」
僕の声は、また届かなかった。
……。
そのまま沈黙が続く。
……。
……ぱたっ。
やがて水奈は、崩れ落ちるようにテーブルに突っ伏したのだった。
「水奈っ？」
一体どうしたというんだ？
店を出た時には、すでに太陽の姿などなかった。

「……ごめんね。本当に……」

結局、店を出る直前まで水奈はずっと眠ったままで、僕がどう起こそうとしても、目を覚ますことはなかった。

「あの人のお話……してたでしょ？　私……」

薄闇の中、水奈の沈んだ声が目の前から届いてくる。

まるで、自分がしたことを覚えていないような尋ね方だった。

「……どういうこと？」

「私……」

薄闇に徐々に慣れてきた目で見つめた水奈の瞳が、かすかに揺れているのがわかった。

「……あの人が見えると、どこにも行けなくなるの。だから……」

水奈はそれ以上、何も言わなかった。でも、僕にはなんとなくだがわかる。

……だから水奈は、そのまま幸せな記憶へ沈んでいってしまう。そういうことなのだろう。他に映るもののない視界の中では、なおさら際立ってしまうのだろう。記憶が創り出したものだとしても、「あの人」であれば。

……。

「別に、悪いことじゃないさ」

僕の言葉に、うなだれかけた水奈が顔を上げた。その瞳はやはり僕の顔には向き切っていなかったが、今はどうでもよかった。

「それだけ、大切な人なんだろう?」

そう尋ねると、涙目の少女は間髪を入れずうなずく。

「うん。そうだよ……」

そして、涙の引かぬままに微笑んだ。

「だったら、今のままでいい。僕は全然気にしない」

「うん……ありがとう」

僕は妙に彼女がいとおしく見えて、気がつけば頭を撫でていた。彼女は喜んでくれた。

やがて。

「それじゃあ、またね」

「ああ」

いつもの約束を交わし、いつもの元気な少女を見送る。その姿が見えなくなって、僕は家路に着いた。


……今にも泣き出しそうにうつむく少女を見て、考えたこと。

「あの人」は、少女にとっての大きな支え。たとえ記憶の中の姿であっても、そこに本人を見出してしまうほどに。

そんな自分に不安を抱き、やはり変わらなければならないだろうかと思い始める。しかし、それは記憶と現実を引き離すこと。目に映る「あの人」の姿を、記憶の産物ということで否定することを意味している。

……これは、僕の勝手かもしれないけど、「あの人」の姿を見出せなくなった彼女に、永遠の闇の中を生きていける力はあるのだろうか、まだ幼いあの少女だから、耐え切れずに壊れてしまったりしないだろうか。

だから、僕はああ言った。

誰にとっても、なんらかの支えが要る。自覚していないだけで、僕もそうなのだろう。

今ある支えを手放すのは、新しい支えができてからでいい。

「……ふぅ」

こんなことを考えたのは、初めてだった。そして、一旦落ち着いてみると、本当は単に彼女が泣き出すのを見たくなかっただけではないだろうか、とも思えてきた。


翌日。

今日も学校にいる間、いつもの田舎町に想いを寄せて過ごす。放課後が近づけば胸が躍り始める。

今日も会える。今日も確かめ合える。

放課後になった瞬間に、僕はすぐに教室を飛び出し、あの場所へ向けて走り出した。

けれど、今日は彼女には会えなかった。

# 3

水奈がいない。

水奈が通りそうな場所は、他に知らない。だからここにいるしかない。

でも、いつまで待っても彼女は来ない。

至っていつもどおりの田舎町。

太陽は彼女を待ち切れずに沈んでいく。

やがて、いつもならお別れの時間になる。それでも彼女は現われない。

それからまた時間が過ぎて、もう彼女が来るような時間とは思えなくなる頃になって、僕は仕方なく家に向けて歩き出した。

……風邪か何かにかかったのだろうか。ここに来る途中で事故にでも遭ってなければばいいが……。

不安だった。

そして寂しかった。

(それじゃあ、またね)

約束を交わしていただけに、なおさらだった。


翌日も、最後まで現われなかった。


さらに翌日。

彼女がまた現われることを信じて、今日も僕はここへ来た。

昨日と変わらぬ田舎町。

相変わらずの軽食を買って店を出る。

すぐ近くの壁にもたれて、昨日と同じように街中に水奈の姿を求めて視線を移していく。

ふと、腹が鳴る。そういえば、今日は昼休みの食堂ラッシュに出遅れて売り切れを食らったのだった。

早速、さっき買ったパンを取り出し、袋を開ける。その中からパンを半分ほど外へ引っ張り出し、かぶりつく。

もぐもぐとそれを味わいながら、街中へ視線を戻すと、そこには数日捜し求めていた、小さな少女の姿があった。

僕が水奈を見間違えるはずがなかった。

直後、僕は自分の行動を呪った。

今すぐにでも彼女の名を大声で呼びたいのに、ついさっき口に含んだパンが邪魔をして、言葉を発することができなくなっていた。

視界から水奈を失わないようにしながら、口はとてつもない速度で咀嚼を続ける。とにかく、現状がじれったくて仕方がなかった。

ようやくすべてを胃に収めると同時に、すばやく空気を吸いこむ。

「水奈っ！」

近くを歩く人たちまでもが思わず振り向いてしまうくらいの音量で叫び、僕はその言葉の意味する人の元へ駆け出した。

水奈。

やっぱり来た。

「水奈っ」

すでに声に反応してこちらを向いてた水奈の近くまで辿り着くと、その両肩を何度も叩いた。

とにかくうれしくて。

「……夏維さん？」

少し驚いた口調で、水奈は尋ねた。

「ああ、そうだ。僕だ」

肩に乗せられた僕の手から続く腕に、その小さな手をそっとかける。

「本当だ……夏維さんだ……」

「ああ。そうだ。僕だ」

もう一度同じ言葉で、僕がここにいることを、より確かなものにしてもらう。

「うん……」

少女は安らかな笑顔を浮かべ始める。

そして、

「……よかった」

笑顔は完全な形となって、僕の胸に響いた。


今日は、駅前のベンチに座ることにした。これは水奈のリクエストだった。

「ごめんね。約束したのに」

最初に水奈が切り出した。ここ二日か三日、彼女に会えなかったことについてだ。実は、すぐにでも聞きたかったのだが、内容次第では聞かない方がいいこともあって、どうしようかと迷っていたところだったので、彼女から切り出してくれると助かった。

「待っててくれたんでしょ？　ずっと……」

罪にさいなまれるような瞳で、水奈は僕のいる方を向く。

「まあ、ね。でも、もう大丈夫だよ。こうしてまた会えたことだし」

慰めで言ったのではなく、僕は本心からそう思っていた。今の僕の心は、喜びで染まり切っていた。

「本当に……？」

「ああ。本当だ」

このやりとりが、しばらく続いた。それほどに、再び僕の前に現われてくれた少女は、ずっと待っていた僕を気にかけていたようだった。

やがて、

「ありがとう……」

と彼女が涙目で微笑み、このやりとりは終わりを告げた。

「……でね、昨日までのことなんだけど……」

僕にとっての本題に、話は移る。

水奈が次の言葉を発するまで、数秒ほどかかった。

「……お見舞いに行ってたの」

お見舞い？　……しかし、僕がその先を考えるまもなく、

「あの人のお見舞い」

と彼女は繋げた。

どうやら、「あの人」が入院してしまったらしかった。「どうしてまた？」と聞くと、水奈は落ちこんだ声で、交通事故なんだって、と答えた。

……。

……。

……沈黙が続く。だが、僕にこの沈黙を破る術はなかった。いくら一命を取り止めたとはいえ、水奈にとっては大事だ。他の誰よりも深い悲しみに囚われたに違いない。そんな

彼女を慰められる言葉を、僕が持ち合わせているわけがなかった。それだけ、僕は水奈のことを知らない、ということにもなる。それに気がついた時、なぜだか情けなさと悔しさがこみ上げてくるのを感じて不思議に思った。

やがて、水奈が再び話を始める。

「……あの時……」

両の手のひらを自分の方に向け、裏返したり戻したりする。それは、まるで自分のことを見て確かめているような動作に見えた。

が、

「何も見えないのが、すごく悔しかった」

水奈にとってはただの真似事に過ぎなかった。自らの現実に耐えるように、少女は唇を固く結ぶ。

「……あの人は、優しかったの。いつもの声で、私を呼ぶの。……本当は大怪我してるのかもしれない。あの人の言うとおりに、ちょっとした怪我かもしれない……。でも私はそれを確かめられない……」

彼女の気持ちは、その言葉から十分に伝わった。……確かに、自らの力で真実を確かめたいのに、それができない時ほどもどかしいものはない。

でも……。

「……あの人は、なんて言ってたんだ？」

「……えっ？」

ふと切り出した僕の言葉に、少女の震える瞳がぴたっと止まった。

突然呼びかけられたように、きょとんとして僕の方を向く。

僕はもう一度、同じ質問をした。

「あの人は、なんて言ってたんだ？」

「うん……さっきも言ったけど……大した傷じゃない、って……」

水奈がまたうつむいてしまう前に、僕は言葉をかける。

「だったら、そうなんじゃないか？」

「え……？　……うん。でも……」

どうやら彼女はまだ半信半疑な様子だ。

「僕は、あの人のことは全然知らないけどさ……水奈はあの人が好きなんだろう？」

水奈はうなずいた。とても早い返答だった。

「だったら、信じてあげなよ。きっと、大したことないんだって。元気そうな声してたんだろう？」

「……うん……」

今度は返事が弱々しかった。まだ不安の渦は静まらないらしい。

「それとも、水奈はあの人が嘘をついてる、って思ってたりするのか？」

「あの人は嘘なんて言わないよっ！」

少女は顔を振り上げ、強い眼差しで僕の方を睨みながら声を上げた。

「じゃあ、あの人の言うとおりだな」

「あ……」

水奈は少しの間何かを考え、そして力強くうなずいた。きっと、「あの人」に対する自分の気持ちを新たにしたのだろう。

「……そう。そうだよね……。あの人の言うことだもん……ね？　夏維さん」

なんらかの決意を持った、力強い微笑み。

「ああ。そうだな」

励ますように、僕は彼女の頭を撫でた。

……本当のことなんて僕にわかるはずはない。「あの人」だって、本当は水奈を気遣って、その時だけ元気に振る舞っていただけなのかもしれない。

だからといって「あの人」の言葉に疑いをかけるのは、あれだけ想っている水奈としては間違っているんじゃないか……僕はそう思った。だから、彼女が怒るのを承知で少しばかり悪役を買ってみたりした……彼女の「あの人」への想いが揺らぐ前に。

……しかし、一方では、彼女が暗くなっていくのを見たくない……いつもの笑顔と会話を取り戻したい、そう思っていただけなのかもしれない。

「あっ……」

そういえば、似たようなことを考えた気がする。

純粋に水奈を励ましてやりたいと思う裏に、自分の願望を満たすためだけに考えを練る自分がいる。

言い換えれば、水奈の幸せを願う自分と、水奈に幸せを求めている自分。

どっちが本当？

……。

「夏維さん、どうしたの？」

思索に足を引きずりこまれる前に、僕は水奈の声で我に返った。

「っ、ああ……ごめん。僕はちゃんと、ここにいるよ」

……どちらにせよ、この少女と存在を確かめ合っていなければ始まらなかった。

僕は、髪が乱れちゃうよぉっ、と苦情が聞こえるまで、隣に座る小さな少女の頭を撫で続けた。

# 4

水奈との他愛なくも微笑ましい日々がまた何度か続いたある日、

「明日はあの人のお見舞いに行くの」

昨日、彼女にそう言われたから、今日は会えないとわかっていても、この田舎通りで立ち止まった帰り道。

家に帰っても、特にすることがないので、いつもの店の近くの壁にもたれ、さっき買った軽食を食べながら思索にふける。

……「あの人」。

水奈がそうとしか呼ばないから、名前はおろか、どんな姿をしているのか、そもそも男の人なのか女の人なのかもわからない。僕と同じ高校生だとは言っていた。とにかく確かなのは、その人に対する水奈の気持ち……強い、強い想い。

……「あの人」といるだけで幸せ。「あの人」が笑うと彼女も幸せ。たとえその笑顔が彼女に向けたものでなくても。

そこまで水奈を魅了する「あの人」とは、一体何者なのだろう……。是非とも一度会ってみたいものだが、あいにく今は入院中。軽傷か、はたまた重傷か。彼女が事実を知る日は来るのか。そして泣くのか笑うのか。

僕は待つことしかできない。

もどかしいけど、また明日。

「……あっ」

食べ終わったパンの袋が、突風で飛んでいくのを呆然と見送った後、僕は帰ることにした。

翌日には、約束どおりに水奈と出会えた。

「昨日はね、あの人とずうっとお話してたの」

やけに風が吹き抜けて、肌寒さを加速させるいつもの田舎町。

水奈は終始笑顔だった。おそらく、僕が考えているよりも前から、ずっと笑顔でいたのだろう。

喜びで笑みが溢れ返っているのだろう。

「あんなに長くあの人といたのも初めて……」

どこへ向かうでもなく、会ったその場で水奈は昨日の出来事を絶え間なく打ち明けていく。彼女の時間が昨日と今日を行ったり来たりしては、表情がコロコロ変わるのがおもしろかった。

話によれば、水奈は「あの人」と、面会時間の、それこそ端から端まで一緒にいたらしい。その間、ずっとしゃべり続けていたんだから、どうやら「あの人」は元気なようだった。

良かった。どうやら水奈の悲しむ姿は見ずにすみそうだ。

「でね、あの人ったら………」

水奈の話は止めどなく続く。まるで、お互いに見つめ合いながら話していたかのように、「あの人」の表情や仕草を言葉で描写する。

たとえ何も見えなくなっても、水奈は一片の疑いもなく信じているのだ。「あの人」ならそうしてくれている、と。

そして、「あの人」もそんな水奈に応えるように動いている。そんな場面が浮かんだ。

「……私、幸せだったよ」

やがて、最後にそう言って、水奈の昨日が再び終わりを告げた。

なんだか僕もうれしかった。

気がつけば、空は青から赤へ、今では藍へと色を変えている。

「もう、だいぶ暗いな」

「うん……いっぱいお話したもん」

「そうだな」

しゃべりすぎて少し疲れた様子の少女を優しく撫でながら、僕は最後に、

「……水奈は今日も幸せか？」

と尋ねた。

言うまでもなく、少女は大きくうなずく。きっと、聞かずともわかっていたことなのだろうけど、それでも僕はそれを確かめたかった。そうすることで、僕も同じ幸せを感じられると思ったから。

そして、僕も幸せだった。


それから、また同じ曜日がやってきていた。

風が徐々に厳しくなっているのを実感しながら、遠くに見える町を眺めている授業中。隣の席から寒いと苦情がきたので、仕方なく窓を閉じ、ガラス越しに町を眺め直した。

僕の住む町。水奈の住む町。昨日も約束を交わしたから、今日もそこで会うことができる。その時まで、僕はこうして学校にいる。

……そういえば、水奈は？　僕と会う夕方まで、一体どこで、何をしているんだろう？

普通に学校へ通っているとはとても思えない。かといって、家でじっとしているところも、なんとなく想像できない。

じゃあ、どうしているんだろう？

（あの人のお見舞い……）

そんな台詞を、ふと思い出した。

そして、今ならそれは十分にあり得ると思った。それからしばらく経たないうちに、そうとしか思えなくなっていた。

そこに、彼女の幸せがあるから。

多分、そんな理由からだろう。

放課後。

時計の針はまだ午後五時も指していないのに、辺りはずい分赤く染まっている。

これから、もっと、もっと、この風景の訪れは早くなるのだろうか。闇が日ごとに長居するようになるのだろうか。

そんな思いにかられて、少しだけ切なくなる。

それでも、この田舎町は至っていつもどおりに動いている。僕ひとりの感傷など、水に溶けた一粒の砂糖みたいに消えてなくなってしまうぐらいに。

僕はまた切ない思いに身を包まれた。

僕を溶かす人通りをぐるりと見渡し、ため息をつく。

もう一度見渡したその中に、杖で辺りを確かめながら歩く少女がいた。

……少女もまた、この町の小さな一粒に過ぎないはず。なのに……どうしてか、僕にはその姿がはっきりと映っている。そして、一度見えた姿は僕の目を離さない。

水奈が、確かにそこにいる。

それだけのことで、こんなに感情が押し寄せてきたことはなく、自分でも気づかないうちに、彼女はかけがえのない、大切な存在となっていたことに気づいた。

そんな水奈と、今日も会える。

僕は走り出した。

途中、何度か名前を呼んで意識を引きつけながら彼女の目の前へ。

辿り着いたら、いつものように、その華奢な両肩に手を乗せてお互いを確かめ合う……はずだった。

「……水奈?」

いつもなら、元気に僕の名前を呼んでくれるはずの少女の瞳は、虚ろだった。

しばらくすると、彼女は何かを思い出したように、その細い腕を伸ばした。

まるで何かを探しているようなその動きは、やがて僕の制服を捉えると、彼女はそのまま僕の方へ身体を寄せ、

「あの人の匂い……」

と呟いた。

# 5

彼女の呟きが意味していることが、僕には最初、わからなかった。

一体どうしたのか、何度も尋ねてみたが、そのたび彼女は同じ言葉を繰り返すだけだった。

しばらくして、水奈が何も言わなくなったので様子を窺ってみると、彼女は僕にすべてを委ねたように眠っていた。

……また、記憶の中にいたようだった。「あの人」の姿が映し出されると、彼女はそのまま記憶の中へと引きこまれる。最後には、この現実に向いている意識さえも引きこまれて、夢の中で「あの人」と過ごす。特に水奈が語ったわけじゃないけど、そんな気がする。

ふと辺りが気になったので見回してみると、通りすがりの人たちが、ちらちらとこちらを見ていた。

「……」

このままここにいても仕方がない。

とりあえず移動しよう。

辿り着いたのは、初めの頃に一度だけ来たことのある公園だった。人気のない、適度に落ち着ける場所といえば、僕はここしか知らなかった。

背中に担がれたまま、今なお寝息を立て続けている水奈を、ベンチに腰掛けさせる形で下ろす。僕はその隣に座って様子を見ることにした。

……水奈は眠っている。

深い眠り。寝息が聞こえないこの距離だと、それは永遠に続くのではないかとさえ思えて不安になる。

水奈は、時折微笑む。夢の中にいる確かな証拠。「あの人」に優しく頭を撫でられたりしているのだろうか。彼女の夢の中に、僕はいるのだろうか。でも、僕の姿なんて見たことがないから、登場させようにもできないのだろうか。それとも、想像された姿として彼女に話しかけているのだろうか……。

水奈の姿を見ながら、僕は今までにないほどの想像を繰り返した。目を閉じれば、それはより鮮明に映し出された。

自らが創り出した世界……でも、一度目を開けば、それは一瞬で破棄されて、視覚は再び現実を伝え始める。そして、その現実の中に求めるものの姿があれば、それが一番の幸せ。

でも、今僕の横で夢と遊んでいる少女には、それがない。息が届くぐらい近くにいたところで、目を開けても見えるものは同じ。ならば、想像の姿でも、それを現実の一部として受け入れてしまうのは当然といえる。そうすれば、求めるものがいつでも自分の側にいることにだってできる。悲しいことだけど、それも幸せ。

……だから彼女は幸せ？

気になったので、彼女の寝顔を見ようと目を開く。

そのすぐ後で、彼女も目を開いた。

寝起きとは思えない、はっきりとした瞳。

「水奈」

僕は声をかけた。

だが彼女は振り向かない。

「水奈っ」

少し強く呼びかけてみる。

それでも何も返って来ない。……目は、覚めてるんだよな……。

「水奈っ」

さっきと同じくらいの強さで、今度は肩を何度か叩いてみた。

「！」

すると、水奈は驚いた様子で僕を見た。

違う。叩かれた方向を向いただけだった。

「……水奈？」

やっぱり様子がおかしい。一体どうしたのだろう。

「……夏維……さん？」

ようやく水奈が口を開いたが、なぜか尋ね方は恐る恐る、といった感じだった。

「ああ、僕だ。どうしたんだ？　一体」

……。

再び間ができる。

「……うん……」

それから、水奈はうつむいて答える。

そして呟いた。

「ああ……そういうことだったんだ……」

その意味が僕にはさっぱりだった。今日の水奈は、少しどころか、まったく違う水奈だった。その様子から判断できるほどに、何かあったのは間違いない。

それからまた間を隔てて、

真相を水奈は語り出した。

「夏維さん……さっきはごめんね。私、また迷惑かけちゃったよね……」

「かまわないよ」

と僕は返した。

「ありがとう」

と言ってから、水奈は僕の方に向けていた瞳を中空の方へと変えた。

「昨日ね……あの人が、いなくなっちゃったの」

その一言で、僕の心臓は位置がずれるのかと思うほどに動いた。が、水奈の言葉の意味することが与える衝撃としては妥当なものだっただろう。

「いつもどおりに夏維さんとお話して、それから家に帰ってすぐに電話がかかってきたの。私が取ると、他の誰かに用事があった時に呼びに行けないから、お母さんが出るまで待ってたの。

それから、お母さんが電話に出たんだけど、お母さん、急に悲鳴を上げたの。それから少し話をして、電話を切って、私がどうしたの？　って聞いたら、病院に行くから外で待ってなさいって言われたの」

中空に瞳を向けたまま、機械のように感情なく話す姿が、僕にはとても痛々しく見えた。

水奈は、空っぽになっていた。

「あの人……か？」

もう続きは聞きたくなかった。

後は結論だけで十分だった。

「うん……いなくなっちゃった」

水奈はやはり無機質に答えた。

「……そう、か……」

何も言ってやれなかった。

あれだけ信じていた「あの人」に、こういう形で裏切られた水奈の気持ちなど、僕の想像では到底追いつくはずもなかった。さらに思い出せば、彼女に「あの人」をそこまで信じさせたのには、僕も一役買っていたのだ。

(それとも、水奈はあの人が嘘をついてる、って思ってたりするのか?)

僕は、確かにそう言った。

どうやら、「あの人」は嘘をついていたらしい。「あの人」のことなど何も知らない僕が言うような言葉ではなかったんだ。

……水奈の泣き顔は見たくない。

結局、自分の幸せのために使っただけの言葉だったんだ。

僕は、水奈の笑顔を見るために、こうして毎日のように会っていたんだから。

そんなことに今さら気がついて、僕は自嘲の笑みを浮かべた。

僕って悪い奴だ。

彼女に言ってやれる言葉どころか、僕には何も言う資格などないんだ。

だから、僕は何も言わなくなった。

水奈は、ずっと空に目を向けたままだった。

今夜も顔を出した月に追われて、太陽が西の空の向こうへ逃げた頃。

突然のようなタイミングで、水奈が口を開いた。

「夏維さん……いる？」

あまりにも長い沈黙のせいだろう。水奈は最初にそう尋ねた。

……ここで何も答えなければ、僕はもう帰ったものだと、彼女は思うのだろうか。そして、空っぽのまま、家へ帰るのだろうか。

何にせよ、僕には彼女と話す資格がない。

「……ああ。すぐ横、左にいる」

なのに、僕はそう答える。

悪者らしく、僕は欲張りだった。

「本当？　よかった」

そう言って、水奈は左手を横へ伸ばす。

僕の右腕に触れると、そっとそれを握った。

「……よかった」

もう一度言った。

どうやら、ここにいて欲しかったらしい。

「……僕で、いいの？」

結果的に彼女をより悲しませた僕を求める理由がどうしてもわからず、僕はそう尋ねた。

が、僕の問いの意味がわからないというように、彼女は僕の方を向いて首を傾げる。

「僕があの時、あの人を信じろ、みたいなことを言わなければ……」

少しの間、水奈は記憶を探るように沈黙し、その後、

「……そのことだったら、大丈夫だよ」

そう言いながら、水奈はその華奢な腕を僕の腕に絡め、そっと身体を寄せた。

「信じることは、大事なことだから……」

寄り添う水奈に、僕はまだ何も答えない。

「でも、信じているほど、傷も深くなるはずだろう?」

「うん……。すごく、悲しかったよ。悲しすぎて、ずっと泣いてて、気がついたら何も考えられなくなってて……でも、ふと夏維さんと約束してるのを思い出して、それで外へ出たの。何も考えなくても、身体が勝手にいつもの場所へ歩いて行った感じだった。

それで、そろそろ着くかな、っていうところで、夏維さんが来てくれたんだけど……私、まだぼーっとしてて……ふと、夏維さんがいる、って思ったら、すぐ抱きついてた」

風の流れが肌で感じられる。この時間になると、それはかなり冷たかった。

水奈は暖を求めるように僕の腕を強く抱き、小さな声で続ける。

「……夏維さんは、あの人の匂いがするから」

「ああ……」

そうか。そういうことか。

自分をより悲しませておいて、それでも僕を求める理由。

それは、彼女が求めるものを僕が持っていたから。

そして、わかってから、それがとても単純なことであると気づいた。考えてみれば、誰だってそうだ。

ようやく引っかかっていたものが取れ、安堵の息を吐き出すと、それは街灯と月によって、より白く照らし出された。

「そしたら私、もう一度だけあの人に会えたの」

水奈が話の続きを始めたので、意識をそちらへ戻す。

「あの人の顔が見えたの。久しぶりだった」

話し振りからして、どうやら記憶の中にいたわけではないようだった。おそらく、眠りに落ちている間に見た夢の話だった。

「それから、少しだけお話してたの。でも、もう時間がないから、って言われて」

僕は黙って続きを待つ。

「どこに行くの？　って聞いたら、ここよりも遠い場所って言われたから、私にも行ける？　って聞いたら、あの人は、五つ目が過ぎたらね、って言って、それから消えちゃったの」

水奈がそっと口を閉ざす。

彼女の話は、どうやらここまでだった。

「……五つ目?」

まったく意味のつかめない言葉だった。いくら夢の中とは言え、それは不思議すぎた。

「うん。今はまだ二つ目。……もうすぐ過ぎると思うんだけど」

二つ目……。

思い出した。……水奈と初めて出会ったあの日にも、彼女はそう言っていた。

「一体、なんのことなんだ?」

どうしても知りたくなって、僕は尋ねた。

「私の身体のこと」

落ち着いた声が、すぐに返ってきた。

僕の次なる疑問を制するように、水奈はたたみかけるように言葉を繋ぐ。

「一つ目は、見えなくなること。夏維さんと会うずっと前に、これは通り過ぎたの。……で、二つ目が、今わかったんだけど……」

水奈は右手で、その場所をそっと塞いで言った。

「聞こえなくなること」

その瞬間、目の前にいたはずの水奈の姿が消えた。

冷や汗が背すじを流れた。

しかし、一度瞬きをすると、やはり水奈はそこにいた。

どうやら気のせいだった。

「……さっきもね、ちょっとの間だけだったけど、何も聞こえなかったの」

水奈が話を続けていた。

「それで、また聞こえるようになって……そこで、私気づいたの」

……あの人は、五つ目が過ぎたらね、って……。

「これが二つ目なんだ、って」

……一つ目は、見えなくなること。

……二つ目は……。

「水奈っ」

さっき聞いた言葉を思い出したくなくて、僕は思わず声を上げた。

「えっ？」

何事かという表情でこちらを向く水奈。

それを見て、僕は我に返った。

今度は、ちゃんと現実を見据える。

「まだ……聞こえるんだろう？」

「うん、まだ大丈夫だよ」

水奈は、いつもの笑顔で答えた。……彼女は、本当にこれから自分に起こることを自覚しているのだろうか？

「……辛くないのか？」

「聞こえなくなること？」

「……」

そうしたところで水奈にはわからないとわかっていても、僕は肯定を声にできず、ただうなずいた。

「……うん。確かに、辛いよ。音まで聞こえなくなったら、怖くて外に出られないもの」

水奈はどうやら、僕の答えをわかってくれていたようだった。

「ああ……そうだよな……」

……あとどれくらい後かはわからないが、それでももうすぐ、水奈はすべての音からも突き放されてしまう。それを考えただけで、涙が浮かびそうなほどに悲しくなる。

……いや。違う。

僕の声も聞こえなくなる。どんなに近くても、どんなに声を張り上げても、彼女は振り向いてくれなくなる。僕を確かめることができなくなる。

だから、悲しいんだ。今にも泣きたくなるぐらいに。

「ああ……」

そして、確信した。

僕は、水奈を求めている。自らの幸せのために。

自分勝手とわかっていて、それでも水奈に何かを求める気持ち。

今までに何度か可能性を見出していたが、今度は疑う余地などない。

恋。

僕は、水奈を好きになっていた。

「でも、大丈夫」

言葉を続ける水奈の声に、僕は思考を戻す。

それから改めて水奈を見つめてみると、今までとはまったく違う印象を受けた自分に驚く。

可愛かった。何より愛しかった。こうして近くにいるだけで、脈は高まっていった。

くすっ、と水奈はうれしそうに笑って言う。

「何もわからなくなっても、その先にはあの人が待ってるから」

僕の目には涙が浮かんだ。

何を今さら忘れていたのか。

水奈の心は、どんな時でも「あの人」にしか向いていない。たとえ、この世界からいなくなった人だとしても、だ。

これから、そんな「あの人」に水奈は自ら近づいていく。それは、それだけ僕から離れていくことをも示している。

彼女が好きだと気づいただけ、余計に悲しくなった。

そんな僕に、水奈は言う。

「でも会えるのはまだ先のこと。……でも、それまでは夏維さんが一緒にいてくれるから、私は幸せだよ」

それは、僕にとっては救いの言葉だった。

僕は、水奈と一緒にいられるんだ。

「あの人」と再会するまで、水奈は僕と会ってくれるんだ。

ならば、まだお互いを確かめ合える間に、僕はこの気持ちを彼女に伝えよう。……そして、「あの人」が近くなれば、僕は彼女を見守っていよう。「あの人」に会える時まで、彼女の求めるものに応え続けよう。

僕は水奈の肩にそっと腕を回した。

水奈はもっと近くへ寄り添ってくれた。

# 後編

## 6

つい昨日、水奈は一三歳になった。特にこれといったお祝いはしてあげられなくて、おめでとうの一言しか言えなかったけど、それでも彼女はとても喜んでくれた。

……だからといって、この先の未来が変わるわけではない。

「……ああ、ごめんね。また……聞こえなくなったみたい」

彼女とは、あれからも毎日会っているのだが、普通に会話している中で、一時的に彼女の聴力が失われることがある。その頻度は、日を追うごとに増しているようだった。

そのたび、僕はとてつもない恐怖にかられる。

でも、まだだ。まだその時はきていない。

「そっか。じゃあ、もう一回言うよ」

「ごめんね」

申し訳なさそうにする水奈の頭を軽く撫で、僕はまた同じ話を繰り返す。

こうしているだけで、僕は安らげた。でも、その一方で、来るべき時を恐れて焦る僕がいた。

何か、しなければ。

僕の持つ、水奈への想いを表わせる何かを。

しかし、それが見つからない。暇さえあればあれこれ考えてみたが、ふさわしいものはなかった。

陽が沈む。今日も二人の時間が終わる。

「送らなくて、本当に大丈夫か?」

「うん」

「途中で聞こえなくなったりしないか?」

「もう大丈夫だよ、今日は」

根拠はない。けれど、彼女が言うからきっとそうなのだろうと思い、僕はずっとそれを信じている。

「……いつまで、大丈夫なんだ?」

誰にもわからないことを尋ねてしまう。

やはり、僕は焦っていた。

「私にも……わからないよ」

困ったふうに、水奈は首を傾げる。当然の返答だった。

「そっか……そうだな、ごめん」

無駄に彼女を困らせてはいけない。こういう時だからこそ、冷静にならなくてはならないんだ。

そして、この気持ちを伝えなければ。その術が失われてしまう前に見つけなければ。

「それじゃあ、またね」

「ああ。またな」

約束だけは、いつもと同じ。

水奈の後ろ姿を最後まで見送って、僕も家路に着いた。


翌朝。

僕は変な目覚め方をした。

眠気のない目覚めと、意思とは無関係に起き上がった身体。

頭の中が妙にすっきりしている。むしろ、空っぽと言ってもいいほどだ。

そこに、水奈の笑い声が響いた。

そうだ。僕は水奈の夢を見ていたんだ。

いつもの田舎町でいつものように会い、他愛ない、しかしきりのない話で盛り上がり、時にじゃれ合ったりする……まるでいつもしていることを、僕は夢の中でもしていた。

それから……そう。

……。

……本当は、できるはずのないこと。

わかっている。所詮は夢の戯言。……でも。

「水奈……」

呟いた僕の心はすでに見つけていた。

そこに、術があった。


……夕暮れを待って、水奈と出会う。

行き慣れたファーストフード店。

「今日は調子がいいみたい。一回も聞こえなくならないんだよ」

水奈は得意気に言いながらハンバーガーを頬張る。

「ケチャップついたぞ」

僕は彼女の口元についたそれを、指先で取ってあげた。

「わっ……ありがとう」

ふわっと微笑む姿が、いつにも増して愛しく見える。

……今日は調子がいい、か。

もうじき、だろうな。この、いつもの光景が、二度とこない、遠い光景になるのも。

するべきことはある。心の中ではすでに決まっている。

だからといって、この雰囲気を自分の手で変える気にはなれなかった。

いつものように過ごせるのなら、それに越したことはないのだ。こうして水奈と話しているだけで感じられる幸せだって、かけがえのないものだから。

……じゃあ、いつ、僕はそれをするんだろう。聞こえなくなってからでは遅いんだ。

わかってる。

わかってるから、もどかしかった。

水奈の言葉のひとつひとつに耳をしっかり傾けながらも、僕の中ではさまざまな想いが大きな渦の中で掻き回されていく。

「あっ!?」

突如、水奈の表情に恐怖の色が混じる。

「どうした?」

僕は、身を乗り出して尋ねたが返事はこない。

「……」

水奈は目を閉じてうつむいた。

……そう、水奈は耳に意識を集中させている。突如気を失った人を慌てて呼び起こすように。

水奈は、いつもそうして聴力の回復を図る。

今度は一体どうなるのか。僕はその不安に身を絞られるような想いで次の言葉を待つ。

やがて、

「……あっ。聞こえてきたよ。よかったぁ……」

と水奈が言った後で、一緒に安堵のため息をつく。

そんなことを繰り返してきながら、僕は今になって気がつく。

もう、いつもの光景は、徐々に遠ざかっていたんだ。すでに、僕らの側にはいなくなっていたんだ。

だったら、それが遠すぎて見えなくなる前に。見えなくなってしまっても、深く悲しむことのないように。

「水奈」

氷を食べようとカップの蓋を開けようとした水奈がその手を止める。

「うん？」

その小さくて、それでも光に満ちた少女を見つめながら。

「それ食べ終わったら、別のところに行こうか」

僕は決心を固めた。

アスファルトの道路に、街路の枯れ木が、そこから静かに舞い落ちる枯れ葉がほのかに赤く染まって、まるで過去の世界を見せられているかのような錯覚にかられる。

だから、ただ身を任せる水奈を一生懸命引っ張っていく過去の自分の姿がそこに映っていても、なんの違和感も感じなかった。

そして、僕は今も同じ道を歩いている。

傍らで水奈が僕の腕を支えにしている。

僕と水奈の始まりの場所。その公園に、僕らはまた辿り着いた。

「あ……あの公園だね」

水奈も気がついた。きっと、ここだけが持っている空気を感じ取ったのだろう。

とりあえず、近くのベンチに腰を落ち着ける。

合図代わりに一呼吸して、それから水奈を見た。

「寒い?」

そっと自分の身体を抱く彼女の姿に出た言葉だったが、本題に入るにはやや遠い場所からのスタートになってしまった気がした。

「ううん……大丈夫」

と言いながら、ふと通り過ぎた風に、水奈は小さく身を震わせた。

思わず切ない気分になり、僕はその細い肩に腕を回し、彼女をこちらへ引き寄せていた。

「……ありがとう」

水奈が上を向く。その瞳は、僕のそれを求めているように見えた。

「水奈」

戻ろうとしたその瞳を呼び止める。

出だしなど関係なかった。

今が、まさにその時だった。

「もう少し……右向いて」

「？　……うん」

ゆっくりと、小さな顔が右へと動き、僕の方へ近づく。

合わせて、僕も水奈の方へ。

「あ……行きすぎた。もうちょっと左だ」

一度首を傾げた水奈だったが、おとなしく言うことを聞いてくれた。

僕も、ゆっくりと首を動かす。

「よし……次は、もっとゆっくり、上を向いてくれるか」

水奈が、さっきよりもゆっくりと顔を上げていく。

同じ遅さで、僕は逆に下へ。

それは、二人がすれ違わないように。

「もう……ちょっとだ」

本当にゆっくりと。いくらでも時を費やしてもいいから。

二人のそれは、徐々に近づき。

そして。

「……そこ」

二人の動きが、止まった。

……所詮は夢に見た絵空事。現実では叶えることなどできないこと。

「夏維さん……どうしたの？」

不思議でたまらない水奈がそう尋ねるのをよそに、僕はまだ動かないでくれと頼む。

水奈の、いつもは何気なく移ろっている瞳が、今は真っすぐに僕の瞳に向いていた。


僕らは今、見つめ合っている。


僕がひとりで彼女の瞳を追ってもよかった。

彼女に手伝ってもらったのは、彼女からも僕を見つめて欲しかったから。

少しでも、あの夢に近づきたかったから。

いつものように他愛のない会話で盛り上がりながら、ふと彼女が僕の方を振り向き、僕の瞳をじっと見つめて微笑む夢。

そこに、術があった。

僕の想いを伝えることのできる術が。

「水奈が、好きなんだ」

言葉だけでは足りない。

言葉は耳に届くけれど、言葉に乗せた想いは耳には届かない気がしていた。

ならばどこか。

たとえ何を映さなくても構わない、その大きく見開かれた、微かに輝く瞳だった。

暖かい何かが、僕の内側を満たしていく。おそらく、それは幸せというものだった。

遠ざかっていく人の姿が見えなくなる前にもう一度だけ追いついて、大切なものを渡すことができた喜びだった。

それさえ持って行ってくれれば、それだけでいい。

「夏維さん……」

驚きと、戸惑い。この二つが混ざり合った表情で、水奈が小さく僕の名を呼んだ。

そのまま、なだれこむようにして僕の身体を強く抱く。

「うれしい……私、うれしい……」

その声に応えるように、僕は両腕で優しく彼女を包んだ。

「ずっと、一緒にいるよ」

「……本当に？」

「ああ。本当だ」

もう、するべきことは終えた。

後は、彼女が「あの人」に再び会えるまでの支えとなって彼女を見守るだけ。

この先、彼女はすべての音から離されてしまうけれど、彼女はもう知っている。僕は彼女が好きだという事実を。

それだけで良かった。

それから一週間も経たないある日、毎度のように突如失われた彼女の聴力は、もう戻らなくなっていた。

# 7

吐き出した息が白く染まり、空へ向かって拡散していく様を見せる。

学校帰りの、まだ陽が傾き始めた時間でさえもそれを見ることができるくらいに、季節は冬を深めていた。

道行く人々にも、すっかりコートや手袋が定着している。

僕はいつもの店で軽食を買い、また家を目指して歩き始める。

ついこの間からは、その途中で道を変え、ある場所に立ち寄ってから家に帰る。

ある場所――水奈の家。

彼女の聴力がもう戻らなくなったあの日。

彼女に家まで送って欲しいと言われ、僕は何も言えずにただ彼女と腕を絡めた。

あの時の水奈。

周囲の状況を判断できるものがなくなったのに、自分はまだ外にいるという恐怖。それが痛々しいほどに行動に表われていた。

今までにないくらいに強くしがみつかれた腕。何歩も歩かないうちに怖いと呟く震えた声。

彼女の家に着き、その合図を僕がするまで、それは続いた。

……こうして彼女の家に続く道を歩いていると、いつもその時の様子を思い出す。


少し小さめの、二階建ての一軒家。そこが水奈の家。

僕はその入り口のドアの前に辿り着いた。

「着いたよ」

つい、いつものように言ってしまい、僕は彼女と言葉を交わせない事実を改めて突きつけられて悲しくなる。

……。

家に着いたら後ろから軽く背中を押して欲しい、と彼女は言っていた。

それに従い、僕は彼女の後ろに回り、そっとその小さな背中を押してやる。

「着いた……んだね」

今にも消え入りそうな声が聞こえる。

そう。彼女はまだ、言葉を失ってはいないのだ。……が、それでも一方的な会話にしかならないことには変わりない。

……水奈が歩く。一歩一歩、確実に。

杖がドアに当たり、コツンと音を立てた。

それから、彼女のドアを叩く音が二回。

その音さえも、彼女にはわからないはずだ。

叩いたのに、音がしない感覚。所詮僕が想像できるものではない。

そんなことを考えているうちにドアが開き、その奥から優しそうな女の人が歩み出てきた。

その人は、最初に水奈を見つけ、

「あら、水奈。お帰りなさい」

と、いつものことのように穏やかに話しかけた。

それから視線を変え、今度は僕を見つける。

「……こんにちは」

とりあえず僕はその視線に応えた。

「草元夏維と言います」

おそらくは水奈の母親なのだろう、その人は、ふっ、と表情を柔らかくした。

「そう……あなたが夏維さんなのね。いつも娘がお世話になっています」

「どうも……」

水奈が、この家で僕のことを何か話していたのだろうか。などと考える前に、今の水奈の状態にこの人は気づいていないのだろうかと僕は不思議に思っていた。

「今日は、水奈を送ってくれましたの？」

「……ええ」

なぜ気づかないいんだろう。僕はもどかしくなり始めていた。

が、先に動いたのは、水奈だった。

何気なく宙をさ迷っていた彼女の指先が母親の身体を捉えた。

「ただいま……」

そう言って、彼女は母親に抱きつく。

「ええ、お帰りなさい」

と言って、母親は水奈を優しく撫でた。

……なるほど。

僕は誰にも聞こえないように呟いた。

これらの動作は、あくまでいつものとおりのものなのだ。見た目だけでは、まったく変わりない水奈だったのだ。

ならば、変化はここからわかってくるはず。

「夏維さんには、ちゃんとお礼言った？」

母親の問いに、当然水奈の返答はない。

「水奈？」

ぴったりくっつく水奈の身体を少しだけ離し、母親は少しだけしゃがんで目の高さを合わせた。

「どうしたの？　水奈？」

母親が彼女の肩に軽く手を乗せる。

「……ただいま……」

それだけ言って、水奈はまた母親を求めた。

少し、沈黙が流れて。

「水奈……」

母親の表情が一変した。どうやら、気がついたようだ。

が、それもすぐに収まり、母親は娘を優しく抱き締めると、ため息を一つだけついた。

「そう……そうだったの……」

悲しさと、優しさと、寂しさの混じった呟きが、しばらくその場を漂っていた。

そのしばらくが過ぎ去った後、僕は中に招かれた。

水奈はいつのまにか眠ってしまっていた。ここまで来るのに、よほどの緊張があったのだろう。

母親に部屋まで運ばれ、微かに青味のかかったベッドの上へ。

見えるものがないから当然といえば当然だが、初めて見た水奈の部屋は、驚くほど飾り気がなかった。

お茶でも入れてきますね、と言って、水奈の母親は部屋を出て行った。

「……」

ドア越しの足音も聞こえなくなって、耳鳴りがしそうな静寂が訪れてから、僕はベッドで安らかに寝息を立てる少女を見つめた。

……これから、どうしよう？

確かに、僕は最後まで彼女を見守っている決心をした。ずっと一緒にいると言った。けれど、僕らにはもう、存在を確かめ合う術が見当たらない。どうやって、彼女に僕がここにいることを知らせればいいのだろう？

ただ触れたところで、彼女にとっては誰に触れられたのかなんてわかるはずがない。

がさごそと、水奈が寝返りを打つ音が聞こえる。それと同時に、

「ん……夏維さん……」

小さな寝言が聞こえてきた。

「水奈……」

何か夢でも見ているのだろうか。その夢の中に僕がいるのだろうか。

目を覚ますと同時に消え去る僕が。

そして、目覚めてしまえば、誰もいない世界が待っている。「あの人」に会えるまで、

それは続くのだ。

……それでも、僕はここにいるから。

水奈を見守ってるから。

「僕はここにいるから」

今度は声に出して、それから水奈の枕元へ。

寝返りで少し乱れた髪を撫でて簡単に整えてやる。

「ぅ……んん……」

それで、水奈は目を覚ましてしまった。

「ん……私……」

ぼんやりと開いた瞳でしばらく何かを考えていたようだった。

と、突如気づいたように、彼女は髪に触れている僕の手をつかんだ。

「夏維さん……？」

そう尋ねて、彼女はもう片方の手を乱暴に伸ばす。それは僕の胸に当たった。

「ねえ、夏維さんでしょ？」

彼女の声は、不安定に大きかったり小さかったりしたが、無理もないことだった。

確かに僕だ。……どうしてわかったんだろう。

すぐにでも応えてやりたい。でも、その術が見当たらない。

焦り始めたその時、水奈が言った。

「もし夏維さんだったら……この手も握って」

そうか。そうすればいいんだ。

僕は即、彼女の言うとおりにして応えた。

「あぁ……やっぱり夏維さんだ……」

心底うれしそうに、水奈は明るく笑った。

僕もうれしかった。

「良かった……。夏維さんなら、わかるよ、私」

なぜ？

「あの人の匂いがしたもの」

……。

一瞬、それでも確実な間があって、それから僕はさらに強く彼女の手を握った。

僕は何を考えたのだろう。

彼女が僕を認識できる。それだけでも十分感動に値するはずなのに、さっきの一瞬、何かが引っかかった。

あの人の匂い。

それに起因していることは間違いなかった。

でも、あの時の僕の気持ちは一体……。

「そうだ。今のうちに、合図決めようよ」

僕の顎付近に瞳を向ける水奈の言葉で、僕は一旦考えるのをやめた。

「私が話すことに、そうだね、って思ったら、右手を握って動かして欲しいの。反対に、違うって思ったら、左手を動かして欲しいの……どう?」

なるほど。幅は限られるが、それでもコミュニケーションは成立する。

僕はすぐ、彼女の右手を両手で包み、小さく上下に振った。

「本当？　それでいい？」

もう一度、同じ手を動かす。

「よかった……これで私たち、まだまだお話できるね」

僕の瞳を通り過ぎて、前髪と向き合う角度で見上げた水奈が、うれしそうにふわっと微笑んだ。

良かった。

彼女の言葉に、彼女の想いに、もう応えられないのかと思っていた。

でも、これからまだ、それは続いていくんだ。……すべてを失ったその先にいる「あの人」に彼女が会えるまで。

……そういえば、次は何を失うのだろう？

それはいつ来るのだろう？

……。

水奈はまだうれしそうに微笑んでいる。

……やめよう。今は考えなくていい。

「夏維さんは、まだここにいるの？」

そういえば、もう結構な時間だろうか。

時計を見ると、そろそろ家では夕食ができ上がっている時間。

でもまあ、大丈夫か。あと数十分ぐらいは。

僕はまた、彼女の右手に応えた。

「あ……うれしい」

それから少しばかり、沈黙の中を二人で過ごした。

「……そうだね……夏維さんが来た時とかの合図も、決めないとね」

それもそうだった。

「あ。でも、来た時は、わかるよね」

僕は彼女の右手を小さく振る。

それはさっき証明ずみだから。

「じゃあ……寂しいけど、帰る時の合図も……」

確かに必要だ。何もなく急に帰ったら、彼女に大きな不安を与えてしまう。

「……んー……どうしよっか……」

帰る時……つまり別れ際、か……。

「あっ、そうだ」

水奈はまた何かを思いついて、両の手のひらを僕に向かって広げて見せた。

「夏維さんが帰る時は、手のひらを合わせて欲しいの」

手のひら……。

こんなふうに？　といった感じで、僕は彼女の差し出すそれらに、手のひらをそっと合わせた。

関節単位で違う指の長さ。それに比例するように小さい彼女の手のひら……それでもすごく暖かくて、僕に安らぎを与えてくれる。

「うん。そんな感じ。……でね、二人でぎゅっ、って手を繋いでからお別れするの。どう？」

それでいいと思う。

僕は手のひらを少しずらし、それぞれの指の間を通して彼女の手を握ると、彼女もそれに応えた。

「……これ……練習、だよね？」

ふと不安げに水奈は尋ねる。

僕はすぐに彼女の左手を離し、頭を撫でながら何度も手を揺り動かしてあげた。

……。

それでも、本番はすぐに訪れる。

いい加減帰らないと親に心配される時間になって、僕はそれを実行した。

「あっ……もう帰るの？」

僕はそのまま、彼女の手をそっと握る。

「うん……気をつけてね」

彼女も僕の手を握る。

「……明日も、来てくれる？」

「もちろん」

聞こえなくても僕はそう答え、右手だけを何度も上下に振っていた。


……今日は日曜日。

疲れていたのか、起きたのは昼前だった。

さっと普段着に着替え、軽く食事をしてすぐに家を出る。

何かお菓子でも買ってから水奈の元へ行こう。今日はいつもより長くいられるから。

途中コンビニに寄り、それから真昼のアスファルトを歩く。冬になったとはいえ、太陽が高い間はまだ暖かい。

僕は足取りが軽くなるのを抑え切れなかった。

その足取りのまま歩き、やがては水奈の家が見えてくる。

その二階の、小さな出窓。

そこから空を見上げている水奈がいた。

彼女の家を前にして、ぴたりと足が止まる。

本当に、空を眺めているようだった。実は見えているんじゃないかとさえ思った。

が、ふと、彼女の左の眉へ伝う一筋の赤が、僕の迷いを打ち消す。

僕は急いでインターホンを押し、母親、河野さんが出るのを待った。

「……あら、草元さん」

「こんにちは。今日もお邪魔します」

のんびりとした声で出迎えてくれた河野さんは、水奈の現状を知らないようだったので、

「水奈、怪我してますよ」

とだけ伝えて僕はすぐ二階へ向かった。

廊下を抜けて階段を昇り、そのまま彼女の部屋の前へ。

そして、一呼吸置いてドアノブを回し、彼女の空間へと踏みこんだ。

相変わらずの殺風景な部屋。そこを飾る、数少ない家具の一つ、ベッドの上には誰もいない。

そこに横たわっているはずの少女は、今は壁際の窓から、まだ空を見上げていた。

……本当に、そうだったらいいのに。

僕が来たことに気がつくはずもない後ろ姿に、僕は少し切なくなった。

僕は、ここにいるんだ。今日も水奈に会いに来たんだ。

僕はドアを開けたまま止まっていた身体を呼び起こし、彼女に向かって走った。この部屋の一辺、わずか数メートルの距離でさえ、僕には遠く思えた。

そのまま、飛びこむように、後ろから彼女を抱き締める。

最初は驚いて小さな悲鳴を上げた彼女も、僕だとわかるとそっと身体を預けた。

「……毎日会えるね」

彼女が語る何気ない事実に、少しだけ胸が熱くなった。いつしか聞いたその台詞が、無意識にもその時の記憶を呼び起こしたのだ。

……ま、約束してるしな、毎日。

今はもう、その答えを伝える術はない。

ただ、こうしてもう一度抱き締めるだけ。

「ん……」

ふと、視界に赤い何かが割りこむ。

そういえば、彼女が怪我をしていることをすっかり忘れていた。

何か手当てを……と、彼女から離れたその時、タイミングよく河野さんが救急箱を持って部屋に来てくれた。

「遅れてごめんなさいね」

「いえいえ」

僕なんて忘れてましたから。

「夏維さん、どうしたの？」

急に離れたのを不思議に思ったのか、後ろから水奈が尋ねる。

……まさか、気付いていないのか？　だったら、教えてやらないといけない。

僕は彼女の額にある傷口にそっと触れた。

「っ！　痛い……っ」

と小さく悲鳴を上げ、彼女はそこを手で塞いだ。

そういうことだ、と、僕は彼女の頭をぽんっ、と叩いた。

「……治してくれるの？」

傷口をいたわりながら尋ねる水奈に応えたのは、河野さんだった。

水奈の小さな手をそっと退けて、傷口に優しくバンドエイドを貼る。

それから、彼女の頬に軽く口づけた。

「……ありがとう……お母さん」

水奈の顔が、幸せそうにほころぶ。

河野さんのことも、匂いでわかるようだった。きっと、十数年の間深めてきた、絆というものが生み出す匂いなのだろう。

所詮他人の匂いで水奈に確かめられている僕にとっては、それがうらやましかった。

僕も、自分だけの匂いが欲しい。

しかし、今ある匂いは、もう変えてはいけない。水奈が僕をわからなくなるから。

……やがて河野さんが部屋を去って、また二人だけの時間が戻ってきた。

水奈はベッドの上で指先を動かして遊んでいる。

「……水奈」

聞きたいことがあった。

今日、最初に水奈を見た時のこと。

「空は……見えたのか?」

彼女には届かない問い。

わかっていて、尋ねた。

僕はただ、彼女を見守るだけ。求められれば応えるだけ。

僕は改めて、彼女を見続ける。

そこへ、彼女が僕を呼んだ。

そして、また言葉と肌との会話が始まる……。


儚くも、優しい毎日。

「夏維さん……」

今日も、この小さな右手をきゅっと包みこんで、彼女との会話が始まる。

ふと。

「……夏維さん、だよね?」

さっき確かめたはずのことを、水奈はもう一度尋ねた。

不思議に思いながらも、僕は手を強く握る。

「うん、そうだよね……」

落ち着いた吐息の後、沈黙が訪れる。

今日は、なんだか雰囲気が違うようだった。

僕は彼女の言葉を待つ。

「……私……」

一度瞳を閉じて何かを思っていた水奈が、意を決したように再びその瞳を開いた。

「私、もうすぐ夏維さんのことがわからなくなると思うの」

一瞬だけ、僕は頭の中が真っ白になった。

……どういうことだ？　一体何が起こるんだ？

水奈は両手で僕の手を包み、自分の顔へと近づけた。

「……今は、あの人の匂いがするけど………」

その一言で、僕はすべてを理解した。

三つ目。

水奈は、また、この世界から離れてしまうのだ。

「今はもう大丈夫だけど……たぶん、もうすぐだと思うの」

それでも、水奈は笑顔でいる。

また一歩、「あの人」に近づくから。それまでは、僕といられるから。

だから、何が起こっても、水奈にとっては幸せなこと。

だったら、それでいい。

僕は、彼女を優しく撫でた。

「うん……」

水奈はうれしそうに応えた。

「……合図、決めなきゃね」

後はいつもの水奈だった。

「夏維さんが来てくれた時の合図」

気を取り直して、僕は彼女の右手を握り直す。

「どうしようかな……。あんまりよくある合図だと、お母さんもしそうだし……」

水奈はぶつぶつ独り言を言いながら、いろいろと考え始めた。

僕はただ待つだけ。水奈の言葉を待って、水奈の望むとおりにする。

「……うん、決まり」

と締めくくった水奈のアイデアは、僕を存分に驚かせた。

「夏維さんがこれからすることを、夏維さんが来た時の合図にするよ」

……なんだって？

「今から三つ数えるから、その後、私に何かしてね」

それって、僕に決めろって言ってるのか？

「じゃ、始めるよ」

ちょ……ちょっと待った。僕は何も考えてないのに……。

「……さーん……」

僕の戸惑いなど知る由もなく、水奈はカウントを始める。

「にーい……」

どうしよう……僕が来た合図ったたって……どうすればいいんだ……。

……。

目の前には、僕を待つ水奈がいる。

僕がこれからすることは、僕の存在を伝えるための行為。

「いーち……」

だったら……。

「はい、お願い」

今日も水奈に会えた喜びをも伝えられるように。

今日も水奈といられる幸せを伝えられるように。

「水奈……」

僕は、少し緊張した面持ちで僕を待つ彼女の前髪を上げ、顕になった額の中央にゆっくりと口づけた。

……。

……。

水奈から離れた後も、僕はずっと水奈を見つめていた。

心地よい胸の高鳴りに揺られて。

暖かい気持ちに包まれて。

「……ありがとう」

水奈が胸に手を当てながらそう言ってくれて。

僕は満たされていた。

これから、水奈はもっと僕から離れて行ってしまうだろう。でも、彼女といれば、必ずこんな気持ちになれる。どんな時でも。

そんな幸せの中、残りの時間を他愛のないやりとりで過ごし、最後に両手を絡め合い、僕は家路に着いた。

# 8

水奈は、僕と僕のいる世界から、日々少しずつ遠ざかっていく。昨日、三つ目の道標を通り過ぎた。


今日も水奈と他愛ない談話を繰り広げる。

近頃、水奈は自分の空想を語ることが多くなった。

家の外は当然ながら、自分の家の中でさえろくに歩き回れない状況となれば、他にできることなどほとんどないのだから、そうなっても無理はない。

彼女の空想。

真夏の青空を見上げる話。

公園で昼寝をする話。

落ち葉を集めて焚き火をする話。

降り積もる雪に、ただ見惚れる話。

多くは、彼女でさえも普段は気づかない、心の奥底に溜まっている外への強い願望が生み出すものだった。

そこで、僕はふと不安になる。

今は彼女の中に隠れているこの願望が、いつか彼女に悪影響を与えたりしないだろうか、と。今、それが隠れているのは、彼女が自分のことを自覚していて、心が自動的にそれを抑えているから。しかし、あくまでも抑えているだけで、決して消えるわけではない。そして、それはストレスという形で蓄積されていく。

以前は気がつかなかったが、仕方がないとはいえ毎日同じ部屋で一日中じっと過ごしているのはやはり堪えるのだ。たとえ、僕がこうして会いに来ていても。

それに、ついこの間、彼女は自力でベッドを抜け出し、傷を負ってまで窓際まで行き、空を眺めようとしていた。

彼女でも気づかないところで、やはり心は疲れているんだ。外へ行きたがっているんだ。

まう。

「あの人」の所へ辿り着くまでに心が壊れてしまったら、彼女は本当に空っぽになってし

それは一番悲しくて、なんとしてでも避けなくてはならないことだ。

水奈を、外へ連れて行かなければ。

……でも、それをどうやって本人に伝える?

いきなり連れ出したところで、きっと怖がられるだけだ。

これから、外へ行こう。

その一言を伝えられる術があれば……。

それとも、彼女から言い出すのを待つか……いや、それはだめだ。四つ目を過ぎてから

だったらどうする?

四つ目。僕はすでに予測がついていた。

彼女が次に失うもの。

それは、きっと声だ。というより、僕にはもうそれしか思い浮かばない。

だから、今のうちになんとかしなければ。

考えろ。考えるんだ。

「……夏維さん？」

不安気な声で、一旦我に返る。

そうだ。

この、彼女とのいつもの時間を忘れてはいけない。

今ある幸せ。これがすべての根底なんだ。

僕は彼女に謝る意味で、軽く額に口づけた。

「わっ……そ、それは来てくれた時だけでいいよ……」

急なキスに驚いて赤くなる水奈。しかし、じゃあその時だけにするかと思う前に、

「……でも、うれしい」

と小さな声でつけ加えたので、またいつでもしようと思った。

……空の青が薄い。

雲が少し光って見える。

学校の教室から眺めた空は、天気予報どおりに心地よい晴れ間が広がっていた。

思い返せば、水奈と出会ってから、僕は学校にいる間、ほとんど外を眺めているような気がする。もうすぐテストが始まるというのに、授業はあまり聞いていない。

困ったものだ、と思っている今も、こうして外を眺めているのだからどうしようもない。

ふと、壁に掛けられている時計に目をやる。

休み時間は、あと五分。

「……きゃっ」

ふと、女子の声が教室に響いた。

何事かとそっちの方を見ると、女子たちが、何やら指で背中をなぞって遊んでいた。

「くすぐったいよ」

「もう、ちょっとぐらい我慢するの」

席に座っているある女子の背中に、別の女子が指先で何かを書いている。

「……わかった？」

「んーと……とり、かな？」

「あっ、すごぉい、当たりだよ」

「本当？」

……。

どうやら、背中に書かれた文字を答える遊びのようだった。思えば僕も、小学生くらいの時にやった覚えがあるな……。

妙に懐かしみを覚えて心が暖まる中、僕の別の部分が、それに一つの希望を見出した。

「……そうか！」

思わず声を上げて、僕はクラス中の視線を集めるはめになった。

……いつにも増して放課後が待ち遠しい。

休み時間でさえ、終わるのが遅く感じられた。

待ちに待った放課後。

僕はいつもの店に寄るのも止めて、一直線に水奈の家へ走った。

到着するなり、インターホンを強く押す。

「はーい……あら、草元さん」

ドアを開けた河野さんが、いつもどおりのどかに迎えてくれて少し調子が狂ったが、逆に少し浮かれていた自分を落ち着かせる結果になったので良かった。

「どうも。水奈は？」

「いつもどおりよ」

そうですか、と答え、階段を登ろうとした僕を、河野さんが後ろから呼び止めた。

なんですか？　と振り向く僕を見ながら、河野さんは微笑みながら首を傾げた。

「不思議ね…………」

「な……何がです？」

「どうして水奈は、草元さんのことだけはちゃんとわかるのかしら……？」

「……え？」

河野さんは知らないんですか？　と僕も首を傾げた。

「だって、あの子、匂いもわからなくなったでしょう？　なのにどうやってるのかと思って」

水奈は言っていないのだろうか。僕が来たことを示す、あの合図のことを。

「私が来た時でも、あの子は最初にあなたの名前を呼ぶのよ。親としては、ちょっと妬いちゃうわ」

「は、はぁ……」

「これも、恋の力というものかしら」

「っ！　い、いや……あのですね、水奈とはその、合図を決めてまして……」

恋という言葉に思わず焦り、僕は余計なことを口走ってしまう。

「合図？　……ああ。だからわかるのね。……で、どんなことをしてらっしゃるの？」

「そ……それは……」

まさか言えるわけがない。人前で話すには恥ずかしすぎる。

僕はその場を笑ってごまかし、逃げるように水奈の部屋へと向かった。

扉からこちら側。

水奈の空間で、今日も彼女のお話を聞く。

ベッドの上で語られる物語の舞台は、今日もよく晴れていて、風が心地好い。

それから彼女の質問に手で答えたりして、僕はいよいよ本題に入った。

鞄からノートとペンを取り出す。

学校帰りが今日は好都合だった。

とりあえず、ペンを彼女の右手に持たせる。

「あっ……ペンだ……」

正解。と、塞がった右手の代わりに、僕は彼女の頭を撫でた。

「これが、どうかしたの？」

僕はそれを聞きながら、彼女の左手に広げたノートを抱かせた。

「……ノート？　私、もう何も書けないよ？」

そんなことはわかっている。書きたいのは、僕なんだ。

僕は水奈の後ろに回り、ペンを持つ彼女の右手の上から同じ右手を重ね、一緒にペンを握った。

「？」

水奈はよくわからないといった様子だったが、僕はとりあえずペンを動かすことにした。

そうすれば、すぐにわかってくれる。

僕が彼女の手を動かして文字を書く。そうすることで、僕の書こうとした文字が彼女にもわかる。結果、僕の思っていることが彼女にも伝わる。

僕は大きめに字を書いた。ノートに書かれた後の見栄えなどどうでもいい。何を書いたかが伝わればそれでいい。

ゆっくりと書いた一文字目が終わり、ノートからペンを離す。

「……何か、字を書いたの？」

……すべてではないが、やっぱり伝わっている。

僕はうれしくて、また頭を撫でた。

「そっか……。もう一回、書いてくれる？」

というわけで、もう一回。

「……うーん……」

次はちゃんと文字の内容を言い当てた。

こんな調子で、次の文字へと移り、また何度か繰り返し書いて……。

そして、すべてが伝わった頃には、普段授業で使っているノートの数ページに、不安定な文字の羅列ができ上がっていた。きっと、他人から見れば、意味不明なものにしか見えないだろう。

でも、それらは、僕の意思を伝えるという、大きな役目を果たしてくれた。

「……外に行くの？　一緒に？」

この問いが、その結果だ。

僕は迷わず、肯定する。

「うん。私はいいよ。でも……ちゃんと連れてってね」

もちろんだ。

「……ああ、でもパジャマのままだね……着替えたいから、お母さん呼んで来てくれない？」

というわけで、僕は下にいる河野さんに水奈の着替えを頼み、先に外で待つことにした。

十数分して、着替えをすませた水奈が、河野さんに寄り添いながらやって来る。

久しぶりの普段着姿に、僕はうれしくなった。

「草元さん」

河野さんの合図で、僕は入れ替わるように水奈の手を握る。

水奈もそれに合わせるように、僕の方へ寄り添った。

「じゃあ、行ってきます」

「……私も行きたいけど、ご飯作らなきゃいけないから、後は若い二人にお任せしますね」

「は……はぁ……」

さっきから、変に行き過ぎた表現をする河野さんの言葉に困惑しながら、僕は水奈との散歩に出た。


二人でこうして歩くのは、本当に久しぶりだ。最後に歩いた時を思い出すと、もうずいぶん経っていると思う。

その証拠に、頬に当たる風が少し痛い。

「……こうして歩くの、久しぶりだね」

水奈が僕の腕にしっかりとつかまりながら、うれしそうに言った。

「寒い……。でも、気持ちいい」

小さく飛び跳ねたり腕を組み替えたりしてはしゃぐ水奈を気遣って、なるべく車の通りのない道を選ぶ。

とにかく彼女は元気だった。

やっぱり外へ出て良かったと思う。

「不思議……聞こえないし、匂いもないのに、風ってこんなに気持ち良かったんだ……」

そう言いながら心身のすべてをこの空気に浸して安らぐ彼女の姿を見ていると、こっちまで心が安らいで、優しい気持ちになってくる。

そんな僕を突き動かす心に逆らうことなく、僕は彼女に口づけようと顔を覗きこんだ。

「水奈……」

彼女の、喜びで輝く両の瞳には、いっぱいの涙が揺れていて、思わずそこへ指先を近づけると、雫が一つ溢れて頬を伝っていった。

それから、彼女も気づく。

「あれ……私、泣いてる?」

戸惑う水奈に対し、僕は何も言わず、その涙を指先で拭いてあげた。

「え……やだ……どうして……？　ただ……外に出た……だけなのに……」

冬の光で輝く粒は、途絶えることなく溢れ、流れ落ちていく。

「ねえ……夏維さん、私……わからないよ……ねえ……どうして……っ」

結局、昂ぶる感情を理解できないまま彼女は僕にしがみつき、声を上げて泣き始めた。

……きっと、それは喜びだよ。

僕はそう思ったが、彼女にそれを伝えることはできない。

だから、この涙の後、彼女が笑顔を見せてくれることをただ祈っていた。

……しばらくして、彼女は涙で腫らした瞳を僕の方へ向けた。

それは決して笑顔とはいえなかったけど、彼女の、

「私……幸せ」

という呟きを聞いて僕は安心した。

水奈が幸せ。

ならばそれで良かった。

# 9

「夏維さん……ねぇ、夏維さん。

私の手……握ってて。

……うん。ありがとう。何も答えなくてもいいから、ずっと握っててね」

今日の水奈がいつもと違うのは、そこだけだった。

それからは、水奈の他愛なく、絶え間ないお話が続いていく。

水奈はときどき、自分の言っていることがおかしかったのか、急に言葉を止めて首を傾げる。そしてまた話し始める。

水奈は興奮して身振り手振りが大きくなり、繋いでいる手が、つい離れてしまう。彼女はそこで我に返り、慌てて僕の手を捜し求めるので、僕から彼女の手を取ってあげる。

水奈はよく遠くを見つめているような表情をする。そこにはきっと、彼女にしか見えないものがあるのだと思う。

水奈は時折、切なそうな顔をする。思い浮かべた寂しさになす術もなくて。

そして。

水奈はよく笑う。時に無邪気に、時に優しく。

……。

思えば、こんなに何時間も水奈をじっと見ていたことなんてなかった。

僕は何もしていないのに。

不思議にも心は暖かさで満たされていく。

たとえ、今この部屋で踊る彼女の声が、僕に向けられたものじゃなくても、僕は同じ気持ちになるだろう。

(あの人が笑ってるの。私も幸せになるの)

その気持ちが、今ならわかる。

……やがて、日が沈んでいく時間になる。

水奈は少し話し疲れたのか、ここ数十分は沈黙の割合の方が多かった。

「ねえ、夏維さん」

一呼吸した水奈が、今日もそろそろ帰らなくてはと思い始めた僕を呼んだ。

「あのね……」

僕は、変えかけた姿勢を再び元に戻す。

「……私、もうすぐあの人に会えるような気がするの」

……。

「きっと近いうちに姿を見せてくれると思う。……それとも、本当はもう、すぐそばにいて、でも、私がまだここにいるから、私からは見えないだけなのかもしれない。……とにかく、もうすぐ。もうすぐ私は、そこへ辿り着けるの」

水奈の予想は、次第に確信へと変わっていく。が、彼女の、こういう自信を含んだ言葉は、得てして実現される。今までにも、彼女がそう言えば僕はそれを信じ、やがて事実となった。

今回も、きっと例外ではない。

彼女は近いうちに、この世界から完全に離れ、「あの人」の元に辿り着くのだろう。

今は四つ目を通り過ぎようとしているところ。

四つ目、それは水奈の声。いつかはわからないが、その日はかなり迫っているのだろう。

「……私がこうしてお話できるのも、今日でおしまい。だから、そう思ったの」

……。

今日、だったらしい。

「今まで、お話聞いてくれてありがとう。私、楽しかったよ」

そう言って水奈は微笑みかけたが、途中で首を横に振った。

「……ううん。それだけじゃないね。初めて会った時からずっと、夏維さんには支えられてきたもの。あの人が一度いなくなった時なんて、夏維さんがいなかったら、きっとここまで来れなかった。……本当にありがとう」

水奈は、僕の方を向いて、暖かく、柔らかく、そして幸せそうに微笑んだ。

「あの人にまた会えるのも、夏維さんのおかげだし……私、幸せだよ」

……そうか。

それなら良かった。

水奈のその一言で、僕はいつでも満たされる。

それは、いつか感じた、彼女を求める気持ちとはまた違うもの。

きっと、それが愛なのだと思った。


それからまた沈黙が続いていたが、しばらくもしないうちに、水奈は次第に眠気を帯びていった。

「ふぅ……私、疲れちゃったみたい。今日は、もう寝るね」

僕は返事代わりに、お互いの両手を絡ませる。

「うん……明日から、お話できなくなっちゃうけど、それでも来てくれる？」

当然。「あの人」に会えるまで、僕は水奈を見守ってるよ。

「ありがとう……。それじゃあ」

お互い、同じタイミングでその手を握り締める。

「……それじゃあ、またね」

約束だけは、いつも同じ。

「……ううん。またね、じゃダメだね」

……そうだな。

もう、言葉では約束を交わせなくなる。だから、もっと強い約束が必要。

「ずっと、だね」

ずっと……か。

そうだな。それくらいがちょうどいい。

僕らは両手を強く、そして長く握り合った。

# 10

昨日も。

今日も、そしてきっと明日も。

水奈の部屋を訪れるとまず、彼女の額に合図を送る。すると、それに応えるように、彼女は僕に抱きついて、僕の抱擁を求める。そして、僕はそれに応える。

あとは、手をつないだまま、音のない時間を二人で過ごす。

ただ、一緒にいるだけ。それ以上のやり取りは何もしない。

僕は彼女を見ている。

彼女は……多分、「あの人」を探している。

これは僕の予想に過ぎないが、「あの人」はまだ見つかっていない。

……四つ目まで来たのに。

五つ目を過ぎたら、と「あの人」は言っていたようだ。でも。

何も見えなくなった。
何も聞こえなくなった。
匂いがわからなくなった。
何も話せなくなった。
そして、今五つ目に向かっている。
……しかし、これ以上、何を失うというのだろう？
目の前にいる、この世界から突き放された少女から、何がなくなるというのだろう？
少し考えてみた。
これ以上この世界から離れる要因があるとすれば…………。
……。
「……そういうことなのか？」
僕は、無意識に水奈の手を強く握り締めていた。

それから数日。

最初のやり取りをいつものように交わし、時間が来るまで一緒にいる。

水奈の様子に、変化はない。今にも無邪気に話しかけてきそうなくらいに元気そうだ。

ここで頬でも引っ張ってやれば、驚いてむくれて、仕返しに僕にも同じことをしてくるのだろう。

でも、それを実行する気にはならなかった。

こうして、いつまでも彼女を見続けていられる。それだけでいい。

……でも、僕の考えが正しいとすれば、それも遠くないうちに不可能となる。当然そうあって欲しくはないけど、それ以外に思いつくものもなかった。

五つ目。

彼女の、命。

「あの人」はいなくなったのだから、「あの人」に会うとすれば、彼女もここじゃないどこかへ行くしかない。

なら、もしそうだとして、一体どうやって彼女の命は失われるのだろう？

この部屋にいる限り、彼女の身体に害を与えるものはないし、特に病んでいるわけでもない。

この状態から、一体どうやって……？

とまで考えて、僕は思い切り首を横に振った。

やめよう。そんなこと考えたってどうにもならない。

どんな形にせよ、彼女はここから離れて、「あの人」の元へ辿り着く。それだけは決して変わらない。

僕はその時まで、彼女を支え続けるだけ。

……。

それでも。

そんな別れ方は、やっぱり少し悲しく思えた。

……今日は日曜日。

休日なのに、僕はめずらしく早起きした。でも、それからまた寝直す気にもならなかったので、そのまま着替えて水奈の家へ向かった。

家を出てすぐ、視界に飛びこんできた朝の光に目を眩まされた。冬とはいえども、やっぱり太陽は太陽だった。

途中、店に寄って昼食を調達する。

そして、いつものように水奈の家に到着した。

インターホンを押すと、いつものように河野さんが出迎えてくれる。

今朝水奈の部屋へ行くと、まだ目を覚ましていなかったので、ついでに起こしてあげて欲しいと言われ、僕は苦笑しながら引き受けた。

水奈の部屋に続く階段を登る音も、ずい分耳に染みこんできた気がする。

ノブを回した手をそのまま前に押し、今日も彼女の空間へと足を踏み入れた。

静寂が、後ろ手にドアを閉めた僕を包みこむ。

その中に、ベッドの中で上半身を起こして座っている水奈がいた。

どうやら、河野さんが部屋を出て僕が来るまでの間に目を覚ましていたようだった。

僕はベッドの側まで行くと、買ってきた昼食を適当な場所に置き、水奈の手を握る。

そして、額に口づけて僕が来た合図を送る。

すると、水奈は応えるように……。

……?

来ない。いつもなら抱きついてくるはずなのに……。

覗きこんで見た彼女の顔は、まるでさっきの合図に気づいていないかのように無表情だった。

そういえば、握った手からも、何も反応がない。いつもならすぐ握り返してくれるはずなのに。

僕は握った手を何度か上下に振ってみる。が、水奈の腕がだらしなく上下に揺れただけだった。

一体どうしたのだろう、と思うと同時に、ふと握った手の力が弱まる。すると、彼女の手がするりと滑り落ち、そのまま彼女の身体の横に「落下」した。

それでも、水奈は無表情。

「水奈……」

呼吸はしているが。

これは起きている人の反応じゃない。

僕は部屋を飛び出し、河野さんを呼びにいった。

真っ白な壁に囲まれた小さな部屋。

目の前には、真っ白なベッドに横たわる少女。

それは、まるで深すぎる眠りについているかのようだ。

……すべての神経が脳から遮断された状態。

河野さんの先導で訪れた医師の話を僕なりに解釈すると、そうなる。

だから、水奈は何をされても反応を示さない。

「おやすみなさい、水奈……」

と言った河野さんの手によって伏せられた瞼は、もう二度と水奈の意思では開かない。

でも、水奈は生きている。

どこにでもいる、健康な人と変わりなく心臓は動いているし、何やら複雑そうな機械が記録したグラフの形によれば、普通の人となんら変わらない脳波を示しているようだった。

ただ、他人との交流が一切できなくなった状態。

「ああ……」

そして気付いた。

これが、五つ目なのだと。

この世界から完全に離れ、心のすべてがそこへ向いたその時。それが今なんだ。

ならば。

そこには「あの人」がいるはずだった。

……やがて、医師が部屋を去り、病室には僕と河野さん、そして水奈が残された。

「草元さん……」

しばらく続いていた沈黙を消したのは、河野さんだった。

「この子のこと……本当にありがとう」

少しだけ目尻に涙をためた河野さんが、柔らかく微笑む。

「日に日に何もわからなくなってしまう水奈が、それでも毎日幸せそうな顔をしていたのはあなたのおかげだと思うの。あの人が亡くなった後、親のくせに私には何もできなくて……」

あの人……「あの人」のことだろう。

「でも、僕だけいてもどうにもなりませんでしたよ。河野さんの方が、僕よりずっと大きな支えだったはずです」

「そう……ありがとう」

河野さんは、これからも眠り続ける水奈の髪を、そっと撫でた。

「この子はもう、自分の心の中にしかいられなくなってしまったけれど……きっと草元さんには感謝しているわ。私たちの見えないところから、ありがとう、って言ってると思うの」

「……何よりです」

それからしばらくして。

「そろそろ、家のことしないと……」

と言って河野さんは帰る用意をし始めた。

「もう、帰るんですか？」

「ええ。洗濯物も干しっぱなしだし。また明日にでも水奈には会えるもの。水奈は元気だから」

そうは言っても、河野さんの表情はまだ寂しそうだったが、それでも涙は引いていた。

「……そうですね」

「草元さんは、まだいらっしゃるの？」

「ええ」

「じゃ、水奈のこと、お願いしますね」

と言って病室を出る河野さんを見送った後、僕は水奈の方に向き直った。

……水奈。

水奈はもう、「あの人」に再会できたはずだ。きっと、「あの人」に優しく抱き締められて、もしかすると、うれしすぎて泣いているのかもしれない。

……僕の予想が外れて良かった。

これで、これからもずっと、水奈のことを見守っていられる。

水奈からは見えないところからだけど。

でも、それでもいい。

僕は水奈を愛しているから。

水奈が幸せなら、僕も幸せだから。

「……幸せか？　水奈」

最後にそれだけ問いかけて、僕はただ水奈のことをじっと見つめていた。

**著者プロフィール**

**大久保　武**（おおくぼ たけし）

兵庫県明石市生まれ、21歳。
田園の風景とその中の散策が趣味で、それに伴い
音楽もおだやかなものを好む。
そこから生み出される空想をもとに、いつも話を書いている。

## 水　奈

2001年10月15日　初版第１刷発行

著　者　大久保《おおくぼ》 武《たけし》
発行者　瓜谷 綱延
発行所　株式会社 文芸社
〒112-0004 東京都文京区後楽2-23-12
電話03-3814-1177（代表）
03-3814-2455（営業）
振替00190-8-728265

印刷所　株式会社平河工業社


ISBN4-8355-2426-8 C0093